ねえ、きみの空は何色？

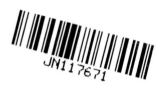

混じり気のない青

夕焼け色

それとも
たくさんの色が
混じり合う空の色？

どんな風に感じ

どう見える？

この世界には
僕らが生まれる
ずっと前から

たくさんの色が
あり続けている

あか　きいろ
むらさき　ももいろ

花にも　たくさんの色がある

好きなもの
好きな色が
ぼくときみで違うように

見たこともない
想像を超える景色だって
まだまだいっぱいある

この世界に生きている人も
あり続けているものも

まだ出逢っていない

未知の体験
無限の可能性がある

風の色は　何色？

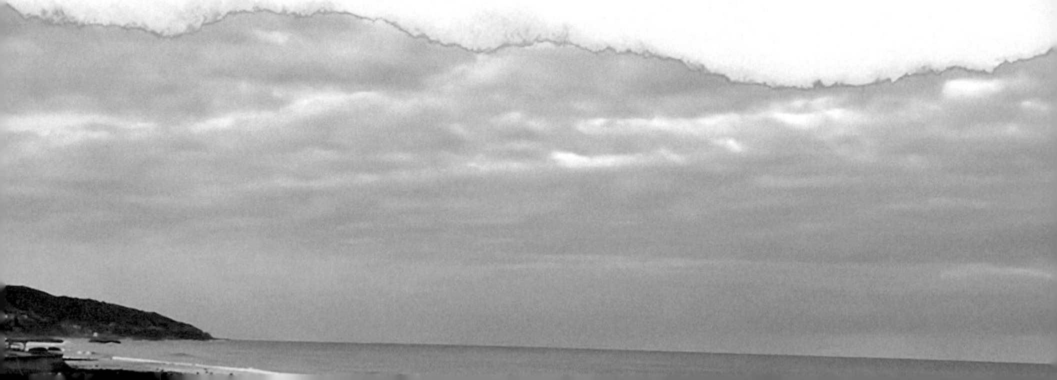

きみの目にはどう見える？

世界にある色は
言葉と同じように

見え方も感じ方も
さまざまだ

けれど
正解も間違いもない

きみが見るもの
感じたものが

すべてここにある

この世界は
たくさんの色で満ちあふれている

まだ見たことのない
知らない世界が広がっている

でも　どれも
全部　間違いはない
みんな　素晴らしい世界

ぼくときみが生きる
素敵な世界

きみは今、何を見つめ

何を想い生きる

桜樹 南 (さくらぎ・みなみ)
1980年島根県生まれ。幼少期から多くの物語に触れ、言葉の魔法で多彩な世界観を紡ぐことに魅了されてきた。日常で書き溜めた300点以上の詩から選んだ一部を作品としてまとめることに。友人の協力により捉えられた色とりどりの風景写真がその詩に息を吹き込む。「思い立ったが吉日」が座右の銘。ワクワクする瞬間を言葉で綴ることが、唯一無二の世界を創造する原動力となっている。
Instagram: @sakuragi.minami
Special Thanks: 遠山 大輔

ぼくときみが生《い》きる世界《せかい》
2024年1月29日　初版第1刷
著者　桜樹 南
発行人　松崎義行
発行　みらいパブリッシング
〒166-0003 東京都杉並区高円寺南4-26-12 福丸ビル6階
TEL 03-5913-8611　FAX 03-5913-8011
https: //miraipub.jp　E-mail: info@miraipub.jp
企画協力　Jディスカヴァー
編集　宮田羽月
ブックデザイン　洪十六
発売　星雲社（共同出版社・流通責任出版社）
〒112-0005 東京都文京区水道1-3-30
TEL 03-3868-3275　FAX 03-3868-6588
印刷・製本　株式会社上野印刷所

ISBN978-4-434-33232-6 C0092